Jürgen von der Lippe • Klaus De Rottwinkel

Kerzilein, kann Weihnacht Sünde sein?

Ein Buch, das Sie sich schenken können
Mit Illustrationen von Tim Posern

KNAUS & KO

Vorwort

Wir leben in einer Zeit der Paradigmenwechsel, der Umwertung aller Werte, des Bruchs mit überkommenen mythologischen Vorstellungen, der Entzauberung von Übermenschen. Übermenschen, die sie nie waren, nur in unserer Vorstellung. Warum haben wir lange geglaubt, Bundespräsidenten kriegen nie eine Lebensmittelkrise, heiraten eine junge Frau, wollen ihr natürlich ein schmuckes Eigenheim bieten, schön Urlaub machen, haben aber keinen Euro mehr auf der Naht, weil die Scheidung ja kostet, und wollen aber nicht so gern darüber sprechen, wo die Kohle herkommt. Es ist menschlich! Woher kommt die abwegige Vorstellung, dass ein steinreicher Politiker, von dem der Vater natürlich einen akademischen Titel erwartet, die Doktorarbeit ohne fremde Hilfe schreibt? Haben wir nie abgeschrieben in der Schule? Es gibt keine Übermenschen. Hohe Versicherungsangestellte verjubeln ihre Gratifikation, man ist versucht zu sagen, wie der Name schon sagt, genauso gern im Puff wie niedrigere. Wir sind alle Menschen. Keine Ehe muss ewig halten. Ich verstehe jeden mäßig erfolgreichen Soulsänger, der sagt: »Ich hab die Faxen dick, immer dieser Stress, dieses Bossgehabe und diese unerträglich hohe Stimme und die ewigen Kopfschmerzen, und Geld macht nicht glücklich, also werde ich sie von der Hälfte ihrer Last befreien, denn wir haben keinen Ehevertrag.«

Wir sind alle keine Übermenschen. Kein Sportler sollte es sich länger gefallen lassen, dass man ihm abverlangt, Vorbild zu sein. Ein ausgezeichneter Fußballer ist Vorbild für alle Kinder, die später mal Fußballer werden wollen in den Bereichen Ballbehandlung, Blutgrätsche, Schwalbe, Ellbogeneinsatz im Luftkampf und all den anderen Finessen, die das »Rasenschach« für seine Fans bereithält. In anderen Bereichen definitiv nicht. Lothar Matthäus, unstrittig ein großartiger Ballkünstler, agiert, was sein Paarungsverhalten angeht, eher unbeholfen, andere haben alle Ganglienknoten voll zu tun, Malapropismen zu vermeiden, also den fehlerhaften Gebrauch von Fremdwörtern. An Sätzen wie »Der Trainer hat den Fokus sehr hoch gehängt« haben wir alle Freude, ohne dem Sprecher deshalb Vorbildcharakter zu attestieren. Und es muss einmal Schluss sein damit, dass Eltern Kindern erzählen, es wäre physikalisch möglich, dass ein einzelner adipöser Mann im roten Mantel mithilfe eines von Rentieren gezogenen Schlittens alle Kinder dieser Welt am 24. Dezember mit Geschenken ihrer Wahl versorgt. Das ist aber nicht das einzige Mirakel, denn in den Vorwochen agiert dieselbe Gestalt weltweit in Kaufhäusern, Malls und Innenstädten, lässt Kinder auf seinem Schoß sitzen und Wünsche äußern. Auch der Weihnachtsmann ist nur ein Mensch mit Fehlern, Schwächen, Macken, verbotenen Wünschen, kurz: Er ist so, wie unser Büchlein ihn in Wort und Bild schildert. Wir wollen ihn auf Menschenmaß zurechtstutzen, entzaubern. Zugegeben: Dabei schrecken wir vor nichts zurück.

Ich höre schon die Tugendwächter aufheulen: »Wie pubertär ist das denn?«

Liebe Elfenbeinturmwächter, erinnert euch an das Goethewort: »Geniale Naturen erleben wiederholte Pubertät, während andere Leute nur einmal jung sind.« Und aus gegebenem Anlass möchte ich auch noch Schopenhauer zitieren: »Die Genitalien sind der eigentliche Brennpunkt des Willens.«

Und nun frohes Sacksausen.

Ihr Jürgen von der Lippe

Liebe Weihnachtsfestanwender und -anwenderinnen,

der Weihnachtspudding ist eine Süßspeise aus Rosinen und Rindernierenfett, mit der traditionsbewusste Briten ihr Weihnachtsfest krönen meinen zu müssen. Das Wort »Weihnachtspudding« kann aber auch für etwas stehen, das noch unerfreulicher ist. Nämlich für das, was man bildlich gesprochen in den Knien hat, wenn einem am 24. Dezember gegen Einbruch der Dämmerung siedend heiß einfällt, dass man noch kein einziges Geschenk gekauft hat.

Da fönt man sich schnappatmend den eiskalten Angstschweiß von der fiebrigen Stirn und hat eigentlich nur noch eine Option: das sogenannte Sacksausen. Nämlich im verzweifelten Rentiergalopp durchs nächste Kaufhaus hetzen, um den überlebensnotwendigen Tagesbedarf an Panikpräsenten zu decken.

Irgendwie wird Opa sich schon über das solarbetriebene Epilier-Gerät für die Handtasche freuen. Und vielleicht findet Mutti ja Gefallen am 50-Liter-Bundeswehr-Benzinkanister in freundlichem NATO-Oliv, wenn sie erst herausfindet, dass sich das Ding ganz prima zum Ansetzen von Maibowle eignet. Wenn nicht, so ist das auch nicht schlimm, schließlich kann sie ihn ja umtauschen. Hauptsache, man steht bei der Beschwerung nur nicht mit leeren Händen da!

Dieser komprimierte Kaufrausch ist leider für die Beschenkten auf zweifache Weise kompromittierend. Einmal, weil er absolut nix mit dem Geschenk anfangen kann. Was mag der Schwiegervater, der Sport hasst und Glatze trägt, wohl von einer Bowlingkugel halten?

Und zum anderen, weil der Beschenkte so tun muss, als freue er sich wirklich ganz doll riesig. Wenn zum Beispiel die Oma angesichts des ihr dargereichten Inlineskaters den Satz stammelt: »Hui, das habe ich mir doch immer schon gewünscht!«, so handelt es sich mit 99-prozentiger Wahrscheinlichkeit um einen sogenannten Bescherungs-Fake-Orgasmus.

Doch mit dem Buch »Kerzilein« soll mit all dem Wahnsinn endlich Schluss sein: kein Sacksausen mehr und kein Weihnachtspudding in den Knien. Und nie wieder Bescherungs-Fake-Orgasmus. Denn »Kerzilein« ist das perfekte Universalpräsent. Sowohl für alle, die schon alles, als auch für jene, die noch gar nichts haben. Dieses Buch macht Panikpräsente in Zukunft noch überflüssiger, als sie es ohnehin schon sind.

Der Buchtitel ist mit Bedacht gewählt: Mit seinen frech-frivolen und betörend kecken Gedichten, Geschichten und Cartoons möchte das Buch eine magische Wunderkerze sein. Eine Kerze, welche ein leichtes Knistern in Ihr nächstes Weihnachtsfest zaubert. Es gilt das Motto: Nichts stört so schön in eine Stille Nacht hinein wie ein schallendes Lachen!

Und nun lasst uns wie alle Jahre wieder froh und munter die Glöcklein süßer klingen wie nie zuvor, und dann flott die Tür hoch und das Tor weit machen, damit die Rose möglichst weit entspringen kann und wir besser mitkriegen, wie draußen leise der Schnee rieselt.

Es grüßt Sie mit einem dreifachen donnerndem »In Dulci Jubilo«

Ihr Klaus De Rottwinkel

Weihnachtsmarkt*

Strophe 1

D
Freut euch, es ist aufgebaut
e
Frohe Lieder schallen laut
D
Alles schmatzt und schlürft und kaut
e A7 D
Und schöne Dinge locken
D
Hexenhaus aus Knäckebrot
e
Die Titanic als Spielzeugboot
D
Geschenkpapier aus Büffelkot
e A7 D
Und kugelfeste Socken.

Refrain

D
Für Weihnachtsmarkt bei Kerzenschein
G
Brauchst du keinen Krankenschein
D h e A A7
Weihnachtsmarkt ist Grünkohl für die See-----le
D
Es machen Kerzen, wenn se schein'
G
Aus harten Herzen Gänseklein
h7 E7
Weihnachtsmarkt ist schön'
h7 E7
Tu dich mal verwöhn
h7 E7
Kannste Backfisch' seh'n – oder
h7 E7 e7 D
stundenlang vorm Dixie Schlange steh'n

**Noten und Akkorde unter www.der-black.de*

Strophe 2 Verzweifelt der Maronenmann
Der seinen Stand nicht löschen kann
Die Leute drängen dicht heran
Hier können sie sich wärmen.
Ein blauer Engel feiert schön
Ein unverhofftes Wiedersehn
Mit seinem Glühwein Nummer zehn
(Er röchelt leis' »Hello Again«)
Dann muß man ihn entfernen.

Strophe 3 Der Kinderclown ist voll in Fahrt
Aus Kondomen lang und zart
Knotet er nen Leopard
Was Kinder wirklich gern seh'n.
Er formt fürs Kinderrudel hier
Aus dem, was sonst der Nudel Zier
Ein supercooles Pudeltier.
Das sieht man nicht im Fernseh'n.

Strophe 4 Beim Krippenspiel gleich nebenan
Steh'n die drei Weisen auf dem Plan
Sie bieten Joseph Pizza an
Maria kriegt Calzone.
Ein Nonnenchor in hübscher Tracht
Vergeht sich an der »Stillen Nacht«
Doch was den Krach erträglich macht
Sie singen oben ohne.

Vorm Schrank fragt sich der Weihnachtsmann:
»Das Fest es naht, was zieh' ich an?«

Soll ich mal als Batman gehen?

Wie würde mir ein Bastrock stehen?

Als Cowboy oder Astronaut?

Vielleicht ne enge Gummihaut?

Oder was Knappes von Strenesse?
Jedes Jahr der gleiche Stress

Jedes Jahr die gleiche Scheiße!
Und schnappt sich wieder das Rot-Weiße.

Aus dem Tagebuch

16. Sept.

Wurde heute morgen wach mit dem Gedanken, dass ich alles satt habe. Burn-out-Syndrom? Wo die Saison nicht einmal angefangen hat? Aber wieso jetzt auf einmal, nachdem über 2000 Jahre alles gutgegangen ist?

17. Sept.

Wieder mit diesem Gefühl wach geworden. War in einem Café frühstücken, d.h. ich wollte, wurde aber längere Zeit von der studentisch wirkenden Kellnerin ignoriert, obwohl ich der einzige Gast war. Wurde dann ironisch, was mir ganz wesensfremd ist und rief: „Könnten Sie, wenn das Geschäft nachlässt, Ihren dicken Arsch vielleicht mal herbemühen?" Es gab dann noch einiges Geschrei und ich landete bei McDonalds. Zog mich aber total runter, habe sogar etwas geweint.

25. Sept.

Wieder so ein Vorfall: Ich erwische irgendein Engelchen beim Malen. Malt sie mich und Jesus auf einer Wippe, ich oben, Jesus unten. Ich sage: „Schatz, das ist physikalisch nicht möglich, ich bin schwerer als Jesus." Sagt sie: „Aber es ist doch Jesus, der kann alles." Wieder geweint.

des Weihnachts-mannes

26. Sept.

Jetzt wird es ernst. Bin mit Jesus aneinandergeraten. Der Junior geht mir sowieso schon lange auf die Nerven, er hat ein paar Jahre Wunder gewirkt und macht einen auf dicke Hose, aber wer reißt sich, seit er in Frührente ist, seit 2000 Jahren den Arsch auf und macht die Menschen wenigstens einmal im Jahr glücklich? Ich. Und da treff ich diesen Schnösel in der Bhagwan-Disco, er rechts und links eine Braut im Arm und quatscht mich dusslig an: „Sag mal, Niki – wir heißen intern alle Niki – stimmt das, was ich da gelesen habe, dass die Kinder in Amerika das eigentlich eher lästig finden, wenn die Eltern sie in der Vorweihnachtszeit in den Warenhäusern dem Weihnachtsmann auf den Schoß setzen, damit sie ihm ihre Wünsche ins Ohr flüstern können?" Und da hab ich ihn nur angeguckt und gefragt: „Warum schenkst du mir eigentlich nie was zum Geburtstag? Hast es wohl nicht so mit der arbeitenden Bevölkerung?" Da war er, glaube ich, richtig angefressen und hat mich bestimmt beim Alten verpetzt.

Der Weihnachtsmann mit seiner Frau
Hat sieben Kinder ganz genau
Drei sehen stark und prächtig aus
Sie sind ja auch vom Nikolaus
Drei haben schöne braune Haut
Da hat Knecht Ruprecht mitgebaut.
Das Siebte knabbert gerne Möhrchen
Und hat zwei ultralange Öhrchen
Als Ergebnis welcher Paarung
Brachte noch niemand in Erfahrung.

Im Cockpit sitzt der Kapitän
Und lenkt die Boing durch die Nacht
Ganz plötzlich naht ein Phänomen
Das Kopfzerbrechen macht.

Mit einem Tempo von Mach zwei
Auf einem Rentierschlitten
Saust ein fetter Mann vorbei
Und ist auch schon entglitten.

Dem Kapitän – dem Kollaps nah –
Entfährt ein schweres Schnaufen
Dann murmelt er: Somit wär klar
Ich werd nie wieder saufen!

Der Adventskranz wird zum Hit
Mit vier Stangen Dynamit.

Im Märchenwald im Zwergenhaus
Sieht es schwer nach Weihnacht aus
Es fällten heut' die sieben Wichte
Eine kleine Bonsaifichte
In ihren Hirnen reift heran
Ein durch und durch frivoler Plan
Denn, um den kleinen Baum zu schmücken,
muss Schneewittchen sich tief bücken.
Die Vorlust stimmt die Zwerge heiter
Schon sucht man nach der Haushaltsleiter.

Zum ersten Mal tut Weihnachtsmann,
Was er bisher vermied
Er öffnet scheu sein Mäntelein
Und zeigt sein Weihnachtsglied.
Die Kinder packen ungerührt
Und froh Geschenke aus
Der Weihnachtsmann packt traurig ein
Und geht ins nächste Haus.

Ist Weihnachtsmann mal hackedicht
Zeigt seine schwere Macke sich
Er schnappt sich eine Taschenlampe
Schleppt sich mit seiner dicken Wampe
Taumelnd einen Turm hinauf
Reißt oben dann ein Fenster auf
Rafft seinen Bart, den langen weißen
Um ihn gezielt hinauszuschmeißen.
Er wedelt wild mit seiner Funzel
Und ruft: »Hallo, ich bin's Rapunzel!«
Sechs Prinzen hat er so gefangen
Fünf kleine dicke, einen langen.

Das Christkind und der Weihnachtsmann
Schauen sich mit dem Arsch nicht an.
Es mag keine Schlitten
Er keine kleinen Titten.

Ein Schlitten steht am Straßenrand
Mit seinem Zuggespann.
Bis eben war man noch gerannt,
Dann kam der Sensenmann.

Es startete dies Rentier-Team
Wie üblich als Quadriga.
Nun macht das Wörtchen »Trio« Sinn
Tier vier verließ die Liga.

Ins Handy haucht am Straßenrand
Ein rötlich-grauer Schatten:
»Hallo, hier spricht der Weihnachtsmann
Ich habe einen Platten.«

ADAC
ADAC
ADAC
DAC

Der Weihnachtsmann ist unzufrieden:
Er hat seit Neuestem Hämorrhoiden
Und versucht, der Juckbeschwerden
Recht eigenwillig Herr zu werden.

Zur Chemokeule sagt er: »Nein«,
Und führt ne Chilischote ein.
Der so entfachte Enddarmbrand
Spielt jeden Juckreiz an die Wand.

Dem Stall entströmt ein derber Duft
Und sorgt für ziemlich dicke Luft.
Ein Engel, den die Wolke traf
Schmierte ab und traf ein Schaf.
Die Weisen aus dem Morgenland:
Nase voll. Sind weggerannt.
Nun hört man selbst den Josef klagen
Und leise zu Maria sagen:
»Wer immer zeugte dieses Kindl
Der wechsele auch seine Windl!«

Sexy Santa (Santa Sex)

Niemand hätte gedacht, dass die Show ein solcher Quotenknaller werden würde. Eine Art erotische Weihnachtsmann-Doku-Soap mit »Versteckte Kamera«-Elementen. Ben Begatti, kein Künstlername!, wie Ben immer wieder betonte, hatte im Weihnachtsmannkostüm in der Spielzeugabteilung eines großen Warenhauses gesessen und Hof gehalten. Eltern konnten ihm – wie man das sonst nur aus amerikanischen Filmen kennt – ihre Kinder auf den Schoß setzen und die erzählten ihm ihre Weihnachtswünsche. Der Weihnachtsmann schrieb sie sich auf und steckte den Zettel der Mutter zu – es waren immer nur Mütter mit ihren Kindern da, die Väter, wenn vorhanden, saßen an der Bar in der Feinkostabteilung und korrigierten ihre Leberwerte nach oben, bis sie abgeholt wurden. Auf dem Zettel, den die Mütter von Ben erhielten, standen allerdings nicht nur die notierten Geschenkwünsche der Leibesfrüchte, Spielkonsolen, Fußballtrikots mit dem Namen des Lieblingskickers, Ninja-Go-Zubehör, Star-Wars-Bedarf und Ähnliches, sondern je nachdem auch eine kleine persönliche Botschaft Bens an die Mama. »Je nachdem« hieß: je nach Attraktivität. Mal schrieb er: »Du bist heiß, ruf mich an« und dann seine Handynummer. Mal: »Lust auf einen Drink in der Cafeteria? Habe um 17 Uhr Feierabend, warte an der Bar auf dich.« Oder auch: »Ich will dich! 20 Uhr bei mir? Zimmer 412 im Hotel neben dem Kaufhaus!« Die Erfolgsquote war ungeheuerlich. 40 Prozent riefen an und es kam zu einer Verabredung, 50 Prozent tauchten an der Bar auf und 60 Prozent klopften um

20 Uhr an die Tür der Junior-Suite, die natürlich mit versteckten Kameras ausgestattet war. Die Gesichter der Opfer waren aus rechtlichen Gründen weggepixelt, aber darauf kam es ja auch nicht an. Die zehn halbstündigen Folgen hatten am Ende eine Sehbeteiligung von knapp 40 Prozent in der Zielgruppe, fast das Vierfache des Senderdurchschnitts. Das war letztes Jahr gewesen. Natürlich wollte man dieses Jahr an den Megaerfolg anknüpfen, aber wie? Den Weihnachtsmann denselben Stiefel noch einmal durchziehen lassen, darüber war die Kreativrunde sich einig, ging ja wohl nicht.

»Wir nehmen eine Weihnachtsfrau, so was wie die Katzenberger und gucken was passiert!« »Geht's noch? Eine Weihnachtsfrau?«

»Wieso denn nicht? Die Feminisierung der Gesellschaft macht vor keinem Bereich halt. Fast die ganze EU hat mittlerweile eine gesetzliche Frauenquote für die Führungsetagen der Konzerne eingeführt!«

»Aber das ist doch nicht vergleichbar! Wir bewegen uns hier im mythologischen Bereich, das wäre ja wie ein schwarzes Baby in der Krippe im Stall zu Bethlehem!«

»Ich lass das jetzt mal unkommentiert«, warf der Unterhaltungschef, dessen Vater Senegalese war, ein, »aber was wäre denn mit einer schwarzen Weihnachtsfrau?«

»Dann aber auch gleich im Rollstuhl«, rief der älteste Redakteur in der Runde, der sozusagen jenseits von Gut und Böse und offensichtlich unkündbar war, warum auch immer, und kriegte sich gar nicht mehr ein vor Lachen.

»Aber eine Weihnachtsfrau ist der richtige Ansatz, wir haben nur das Problem, dass nicht genug Väter mit Kindern kommen!«

»Dann müssen wir eben früher anfangen, vielleicht schon Mitte Oktober?«

»Also das sehe ich nicht: Das Freibad macht noch mal auf, weil der Herbst 20 °C bringt, und wir setzen eine Weihnachtsfrau ins Kaufhaus.«

»Gesetzt den Fall, wir machen das, wie soll die denn überhaupt aussehen?«

In diesem Moment platzte Ben Begatti in die Runde. »Hallo Leute, war gerade in der Stadt, um mir irgendeinen Preis abzuholen und dachte, ich schau mal vorbei. Was heckt ihr denn diesmal Schönes aus als Weihnachtsüberraschung für den alten Ben? Dieselbe Nummer können wir ja wohl nicht noch mal durchziehen!«

Alle sahen sich betreten an. Der Unkündbare sagte schließlich: »Wir hatten eine ziemlich gute Idee, Ben, auch wenn dir das vielleicht nicht schmeckt. Wir wollen eine Weihnachtsfrau als logische Weiterentwicklung der Serie.«

Bens unnatürlich geweitete Pupillen zogen sich kurz zusammen. »Ihr seid so geil, Leute, ihr habt's echt drauf! Darauf hätte ich eigentlich selbst kommen können: der alte Ben als Fummeltrine! Schade nur, dass man wegen der Pixelung nicht sieht, wie den Jungs die Gesichter entgleisen, aber vielleicht gibt ja doch der eine oder andere die Erlaubnis zur Ausstrahlung. Geld soll da helfen, hört man, und bei den zu erwartenden Quoten ...«

»Megakrass, Ben«, rief der Unterhaltungschef, »wir waren ehrlich gesagt gar nicht so sicher, wie du es aufnehmen würdest, aber dann kann ich ja die Rechtsabteilung schon mal anspitzen wegen der Verträge. Und wäre Mitte Oktober als Drehbeginn für dich o.k.?«

»Komme am 20. aus der Karibik zurück, wo ich mit Bohlen und Andrea Berg das Video für die nächste Single drehe, aber das reicht ja wohl.«

Der Rest ist schnell erzählt: Schon beim dritten Vater, der an die Hotelzimmertür klopfte, funkte es bei Ben. Die Trennung des Vaters von seiner Frau, Bens Coming-out, die Operationen, die aus Ben peu à peu eine Benita machten, hielten die Medien fast anderthalb Jahre in Atem. Für die Exklusivrechte und den Buchvertrag flossen Unsummen. Alle waren glücklich, auch die Frau des Kindsvaters.

»Ich bin heilfroh, dass ich das Weichei los bin«, verriet sie der SZ. Der Unkündbare ließ im kleinen Kreis verlauten: »Kinners, ich hab's immer gewusst!«

Die Lautgruppe

Immer nach Weihnachten tagte in unregelmäßigen Abständen ein Weihnachtsmänner-Stammtisch namens »Lautgruppe«. Den Namensvorschlag hatte Juri, ein russischer Kollege, bei der Gründungsversammlung wie folgt erläutert: »Wir wollen schließlich auch mal laut werden, schließlich müssen wir bei der ganzen Scheiße, die wir Heiligabend erleben, immer die Klappe halten. Wir sind praktisch der Gegenentwurf zur Stillgruppe.«

Das fanden alle witzig, bis auf Bassem, ein arabischer Kollege, der, nachdem er darüber aufgeklärt worden war, was »Stillgruppe« normalerweise bedeutet, meinte, das fände er geschmacklos, er sei zwar kein Moslem, der Frauen nur komplett verhüllt akzeptiere, aber man könne sich von seinen Wurzeln nicht vollständig befreien.

Er wurde von den anderen niedergebrüllt und war von Stund an still.

Punkt 1 der Tagesordnung war die Diskussion darüber, ob die Gruppe einen schönen großen Fernseher mit DVD-Player anschaffen sollte, zwecks gemeinschaftlicher Ansicht von Gewaltvideos oder solchen, auf denen Selbstjustiz verherrlicht oder auch mal eine komplette Familie von einem Psychopathen ausgelöscht wird. Oder lieber doch eine Boxausrüstung, bestehend aus Sandsack, Punching-Ball, mehreren Sätzen Handschuhe, Kopfschutz, Pratzen und Mundschutz für jeden.

»Ich habe keinen Bock auf Boxen«, eröffnete Finn, ein Ire, die Diskussion, »ich habe schon dreimal von einem besoffenen Familienvater auf die Fresse gekriegt, weil ich irgendein Scheiß-

geschenk verwechselt habe, was die debile Brut sowieso nicht gemerkt hätte, und zurückhauen darf ich auch nicht, das wäre ein Kündigungsgrund«.

»Komm«, rief Franklin, ein Südstaaten-Santa, »du bist bloß zu feige, ich hab mal einem Idioten den Sack weggeschossen, als er mir ans Leder wollte, weil ich seine Frau angeblich mit Blicken belästigt hätte!«

»Hast du denn?«

»Ich muss sie doch wohl angucken, wenn ich sage: ›Nein danke Ma'am, ich möchte keinen Southern Comfort mehr!‹«

»Und woher hattest du die Waffe?«

»Du warst nie in den Südstaaten, oder? Da lehnt in jeder Zimmerecke ein geladener Püster.« »Und das gab kein Nachspiel?«

»Ach was, der Untersuchungsengel war selber aus Alabama und schlug von sich aus vor, in den Bericht zu schreiben: ›Das Kind hantierte unsachgemäß mit seinem Weihnachtsgeschenk, einem großkalibrigen Buntline-Colt, dabei löste sich ein Schuss, der den Vater im Genitalbereich verletzte‹«.

»Und was hat die Frau gesagt?«

»Die hat sich anschließend bei mir bedankt und gesagt: Sie schickt der Himmel. Acht Kinder sind mir wirklich genug.«

Nun ergriff ein deutscher Weihnachtsmann das Wort: »Liebe Kollegen, lasst mich etwas Grundsätzliches sagen: Wir sind Berufene, Geistwesen, die sich einmal im Jahr materialisieren, um etwas sehr Schönes zu tun, nämlich Menschen Freude zu bereiten. Und Menschen sind nicht perfekt, sie sind Suchende, entscheiden sich oft für das Falsche, aber sie geben sich Mühe …«

»Ich bin jetzt doch für die Boxausrüstung«, rief Goran aus Kroatien, »denn dann könnte ich in diesem Moment sagen, ›Emil, zieh die Handschuhe an, jetzt gibt's was auf die Fresse, dieses dumme Gelaber tu ich mir nicht an.‹«

Jetzt ergriff der isländische Kollege, der immer etwas düster wirkte, das Wort: »Hört auf zu streiten, wir Weihnachtsmänner müssen doch zusammenhalten, ich würde euch gerne von einer Zwangsvorstellung erzählen, die ich immer häufiger habe: Ich trage während der Bescherung einen Sprengstoffgürtel mit extra viel Sprengstoff, fällt ja unter dem Mantel nicht auf, und wenn ich den Eindruck habe, dass ich wieder in einer völlig kaputten Familie gelandet bin, wo der Vater nur ans Kohle-Machen denkt, die Mutter nur an Kosmetik und die Kinder nur an Markenklamotten, Ballerspiele und Internetpornoseiten, dann blase ich mich zusammen mit den Arschgeigen in die Luft. Findet ihr das normal?«

»Durchaus nachvollziehbar«, »verstehe ich vollkommen«, »tolle Idee eigentlich«. In diese Richtung gingen die meisten Kommentare.

Nur Bassem, der arabische Kollege hatte Einwände: »Ich bin zwar kein …«

»Moslem mehr«, vervollständigten die anderen den Satz. »Mann Bassem, jeden zweiten Satz fängst du so an, das nervt langsam!«

»Ich wollte nur sagen, dass die Kulturtechnik des Selbstmordattentats im arabischen Raum niemals Ausdruck einer kleinlichen individuellen Verstimmung ist, sondern …«

»… der Wunsch, 72 Jungfrauen im Paradies zur persönlichen Verfügung gestellt zu kriegen. Das ist doch sowieso krank! Wer will denn eine Frau, die sagt: ›Geh weg mit dem Unding, das tut bestimmt weh!‹ Ich zumindest hätte im Paradies lieber eine, die sagt: ›Wenn ich mit dir fertig bin, wirst du dich in die Hölle wünschen.‹«

Die anschließende Schlägerei zwischen Bassem und Franklin, dem letzten Redner, wurde von allen als das Beste bewertet, was man seit Langem gesehen habe, und mit Handschuhen wäre das lange nicht so toll blutig verlaufen. Mit der Anschaffung des technischen Equipments sowie einer Grundausstattung an Gewalt-, Porno- sowie Gewaltporno-Videos wurde trotz bzw. wegen seines erbitterten Protestes einstimmig der deutsche Weihnachtsmann betraut.

Der Weihnachtsmann steckt im Kamin
Versucht sich zu befreien
Was er probiert – es haut nicht hin
Er muss um Hilfe schreien.
Was ihn zu der Einsicht führt:
Mit Gleitcreme wär' das nicht passiert.

Der Weihnachtsmann hat einen Bart
In dem er Nahrung aufbewahrt
Und spürt er Hunger außer Haus
Wringt er sich etwas Suppe aus.

Auf Borneo ist Weihnachtszeit
Der Dschungelhäuptling lächelt breit
Er mustert seinen Weihnachtsbaum
Der ist sein Stolz, der ist sein Traum.
Die Kugeln hat er selbst erbeutet
Zunächst getrocknet, dann gehäutet
Danach mit Liebe präpariert
Und Stück für Stück am Baum drapiert.
Mit Bastelkunst schuf ein Genie
Den Weihnachtsschmuck mit Phantasie.
Gekaufter Schmuck wär öd und fad
Wohl dem, der etwas Köpfchen hat.

Santa kommt nach Kräuterbitter
regelmäßig hinter Gitter.

Der Papa sägt
Die Tanne fällt
Der Förster sieht's
Der Dackel bellt.

Er reißt sich unerwartet los
Verbeißt sich hart in Papas Schoß.

So zerplatzt am Waldessaum
Im abendlichen Dunst
Nicht nur Papas schöner Traum
Vom Baum für Oma sunst.

Auch Mama muss verzichten
Der Doktor wird's schon richten.

Der erste Weihnachtsmann der Welt
War Fossi Gnörk aus Bielefeld
In einem Schurz aus rotem Leinen
Bescherte er die lieben Kleinen.

Köstlich waren Fossis Gaben
Zum Beispiel Bast und Bienenwaben.
Lattichwurzeln, Bisonquark
Oder ein Klümpchen Bärenmark.

Er nahm die Kinder auf sein Knie
Und lachte schallend Hi-Hi-Hi.
(Er feilte später an der Show
Und rief dann nur noch Ho-Ho-Ho.)

Wenn er kam, stieg frohes Grölen
Aus den torfgeschmückten Höhlen.
Selbst die wilden Kreaturen
Machte er zu Frohnaturen.

Höhlenbär und Pinguin
Ganz egal, sie liebten ihn.
Doch tragisch war sein Abgesang
Weil es Fossi Gnörk misslang
Ein Mammut auf den Schoß zu heben.
So verlor er Form und Leben.

Zwei dicke Weihnachtsmänner saßen
In einem Restaurant und aßen
Abendbrot und zwar dermaßen
Dass sie Weihnachten vergaßen.

Schwer atmend tritt der Weihnachtsmann
Schlecht gelaunt aus dunklem Tann.
Und quer auf seiner Schulter stöhnt
Das Christkind, völlig zugedröhnt.
Weithin hört man den Alten fauchen:
»Wer lässt nur Kinder Weihrauch rauchen?
Ich kann echt keine Dealer leiden
Die sich als Könige verkleiden!«

Der Kosak aus dem Ural
Schmückt seinen Baum mit Räucheraal.
Nicht ganz so festlich wie Lametta
Aber schmackhaft und auch fetta.

Das Christkind ist so herrlich jung
Und auch recht wohlgestalt.
Der Weihnachtsmann hinwiederum
Hässlich, dick und alt.
Doch Santa traut sich: »Na, wie wär's
Mit einem One-Night-Stand?«
Und dann haben die beiden glatt
Heiligabend verpennt.

Das Zeugenschutzprogramm

Burt »Buster« Balloni, Auftragskiller in Diensten der Mafia, war geschnappt worden und hatte gesungen. Die Bullen hatten ihm keinen seiner 32 Morde anhängen können, boten ihm aber für eine belastende Aussage gegen den Paten Silvio Verrucci eine neue Identität, sprich: Raus aus dem Killerleben, rein in die Normalität. Früher schickte man Kunden wie ihn irgendwo an den Arsch der Ewigkeit und hoffte, dass ihre früheren Auftraggeber sie nicht fanden, heute kriegen sie innerhalb von ein paar Wochen vom plastischen Chirurgen ein neues Gesicht zu den neuen Papieren und müssen nicht einmal die Stadt wechseln. Sein Psychologe fand, eine positive, ins Karitative spielende Tätigkeit könnte den Prozess der Metamorphose vom Terminator zu einem nützlichen, wenn nicht sogar angenehmen Mitglied der menschlichen Gesellschaft beschleunigen und vermittelte Burt, oder Lester, wie er jetzt hieß, als Weihnachtsmann an ein großes Kaufhaus, es war schließlich Dezember.

Bis auf die typischen Anfängerfehler ließ es sich gut an. Die Kinder mochten ihn, sie spürten, dass unter dem roten Mantel eine starke Persönlichkeit steckte, was sie in einer Gesellschaft, die massenhaft metrosexuelle Männer hervorbringt, oft schmerzlich vermissen. Und Lester mochte Kinder. Das war ja der Hauptgrund für seine innere Umkehr gewesen: der Wunsch nach einer Familie, einer Frau und drei oder vier Kindern, die sich freuten, wenn er abends von seiner ehrlichen Arbeit nach Hause kam

und ihn mit ihren kleinen Problemchen löchern würden, die er, Lester, natürlich im Handumdrehen lösen würde.

Apropos Handumdrehen. Das erste Malheur passierte, als er mit einem siebenjährigen adipösen Weichei ins Gespräch kam, der ihm nach einigem Nachfragen schluchzend erzählte, er wünsche sich nichts Teures mehr, weil die Stärkeren in der Klasse ihm sowieso alles abnähmen, einer hätte ihn sogar mit einem Messer bedroht. Als Lester dem Kleinen daraufhin demonstrierte, wie man einen Messerangriff blockt und dem Angreifer dabei wie nebenbei den Arm bricht, kam es doch zu einiger Unruhe. Immerhin konnte er den Direktor günstig stimmen durch den Hinweis, er möge mal den Sicherheitsbeamten checken, der habe seit Schichtbeginn schon etliche Wertsachen in seiner künstlichen Wampe untergebracht. Trotzdem musste er sich natürlich fragen lassen, warum er als Geschenktipp für die Eltern des kleinen dicken Warmduschers Pfefferspray und einen Elektroschocker aufgeschrieben hatte. Auf seine entrüstete Gegenfrage, ob er vielleicht Ninjasterne, Springmesser oder eine Handfeuerwaffe empfehlen solle, entspann sich eine Diskussion, die ergab, dass die Eltern keinen Schimmer von den Repressalien hatten, denen ihr kleiner fetter Loser ausgesetzt war. Lester bot an, dass er in Begleitung der Mutter zum nächsten Elternabend gehen würde, sozusagen als Sicherheitsbeauftragter der Familie. Bei der Gelegenheit könne man dann begütigend auf die Eltern der Rowdys einwirken, wie Lester es nannte.

Und so geschah es. Erwartungsgemäß stellten die Eltern des Hauptübeltäters sich stur. Nein, das könnte man sich beim besten Willen nicht vorstellen, dass der eigene Sohn Schwächere drangsaliere oder gar beraube, man habe ihm schließlich Werte vermittelt. Man sei schließlich Quarterback der Unifootballmannschaft gewesen und habe Werte wie Fairness, Sportsgeist und Kameradschaft an das eigene Fleisch und Blut weitergegeben. Lester wartete, bis der Quarterback pinkeln ging, folgte ihm aufs Klo, drehte ihm den rechten Arm auf den Rücken und stach ihm von hinten unten eine Stecknadel so weit ins Skrotum, dass Panik ausbrach, die sich lustigerweise in einer Blitzerektion äußerte.

»Sollte dein Sohn meinem Schützling noch einmal zu nahe kommen, stecke ich dir 20 von den Dingern in den Sack und zwar bis ans Köpfchen. Hast du das kapiert, du fettes Stück Scheiße?«

Der Sportsmann nickte vorsichtig, wobei ihm die Tränen über die Hamsterbacken liefen. »Und jetzt gehen wir zusammen wieder da rein und du wirst bei allem, was ich sage nicken.«

Lester erklärte dann der Elternversammlung und den Lehrern, Mr. Sobinsky habe sich bereiterklärt, persönlich für die Sicherheit des kleinen Dennis zu garantieren, sein Sohn werde als eine Art Leibwache fungieren. Die Mutter war so begeistert vom Verlauf der Versammlung, dass sie sich noch im Auto von Lester vernaschen ließ, die Scheidung ging dann mehr oder weniger zügig vonstatten, weil Lester dem Exmann rasch glaubhaft machen konnte, dass seine Anwesenheit nicht mehr erwünscht war. Der dicke Dennis bekam bald nach der Hochzeit ein Brüderchen. Er war übrigens nicht mehr dick, Lester hatte seine Ernährung umgestellt, ihm ein straffes Sportprogramm mit dem Schwerpunkt auf Martial Arts verordnet, was so gut anschlug, dass das Ex-Weichei seine ehemaligen Peiniger nun ebenso regelmäßig wie begeistert verprügelte. Seine Freundin war, was keiner wissen konnte, die Enkelin von Silvio Verrucci, der, weil Blinde doch so ein feines Gehör haben, seinen ehemaligen Top-Knipser bei einer gemeinsamen Familienfeier an der Stimme erkannte. Und Italiener in Führungspositionen sind nun mal nachtragend.

Viele Jahre später würde Dennis seinem so plötzlich verstorbenen Stiefvater auf den Sessel des Weihnachtsmannes nachfolgen und den Job in seinem Sinne ausüben.

Alphornmarsch als Weihnachtslied*

(Diverse Strophen zur Auswahl)

Der Schorsch kappt einen Weihnachtsbaum
Doch Schorsch ist stark bekifft
Es war, was er da umgehau'n
Der Mast vom Sessellift.

Der Sepp spielt nicht nur Weihnachtsmann
Er spielt auch noch ein Ren
Das schafft der Sepp ganz simultan
Denn er ist schizophren.

Refrain Hört nur wie das Alphorn klingt …
Schöner als ein Psalm
Lockt uns auf den Berg geschwind
Zur Weihnacht auf der Alm.

Bier und Obstler steh'n parat
Der Hüttenwirt beglückt
Mit Semmelknödeln hat die Magd
Den Weihnachtsbaum geschmückt.

**Noten und Akkorde unter www.der-black.de*

Ich bin ein Weihnachtsengelein
Tönt die beschwipste Suse
Ich zeig euch meine Flügelein
Schon öffnet sie die Bluse.

Die Suse nimmt der Sepp aufs Korn
Und unterm Christbaum noch
Befreit mit seinem Matterhorn
Er sie vom Jungfernjoch.

Refrain Hört nur wie das Alphorn klingt …

Die greise Magd macht Festgebäck
Sie nimmt die Dritten raus
Und sticht damit aus Mürbeteig
Die Weihnachtsplätzchen aus.

Förster Max hat Wilddieb Fritz
Ganz waidgerecht gekillt
Und dann weil heuer Weihnacht ist
Mit Preiselbeer'n gefüllt.

Refrain Hört nur wie das Alphorn klingt …

Zur Zither greift die Sennerin
Und fängt zu spielen an
Sie zupft den Soundtrack aus dem Film
Der dritte Weihnachtsmann.

Den Basti bös der Dünpfiff plagt
Er fraß zu viele Krapfen
Er stopft das Leck ganz unverzagt
Mit einem Tannenzapfen.

Refrain Hört nur wie das Alphorn klingt …

Der Weihnachtsmann sitzt in der Wanne
Und pupst sich Blasen rund und klar
Als Öko-Schmuck für seine Tanne
Weil biologisch abbaubar.

Alles schaut betrübt einher
Rentier Rudolf ist nicht mehr ...

Der Grund, warum das Tier verstarb
Verlieh auch seiner Nas' die Farb'.

Merke: Pro Tag drei Eimer voll Merlot
Kriegen selbst ein Rentier tot.

Du wünschst ein Weihnachtsschnellgericht?
Dann lausche, was der Chefkoch spricht:
Nimm Krapfen, Rotkohl, Butterstollen,
Karpfen, Keks, Kartoffelknollen,
Grünkohl, Printen, Bratenreste
Und zuletzt das Allerbeste:
Bockwurst, Glühwein, Gänseklein
Und gib's in eine Schüssel rein.

Dann rühre flott. Das geht noch fixer
Mit nem Elektro-Haushaltsmixer.
Der harten Arbeit süßer Lohn:
Ein Brei wie feuchter Waschbeton.
Der wird, sobald final püriert
In eine Tube überführt.

Nun heißt es beide Augen schließen
Einfach zuzeln und genießen.
Du wirst bald schmecken, diese Nahrung
Schenkt dir die himmlische Erfahrung.
Wie Astronaut im Weltraum feiert
Und Heiligabend fröhlich reiert.

Weihnachtsmann, der Gute
Schwenkte seine Rute
Vor Frau Roth, der Claudia.
Die dachte fix: »Ach, schau mal da!«
Als Idee ist das nicht schlecht
Ein Dynamo an dem Gemächt
Und flugs dient Santas Dödelschwingung
Der Welt durch sanfte Stromgewinnung.

Gleich nach dem Fest gibt es Verdruss
Weil man den Baum entsorgen muss
Doch wer die Umwelt schonen will
Wirft den Baum nicht auf den Müll
Im nächsten Jahr nimmt man den Stamm
Und klebt die Nadeln wieder an.
Zum perfekten Restaurieren
Muss man die Nadeln (bloß noch) numerieren.
Bei 180 000 Stück
Braucht man vier Wochen und viel Glück.

Der Weihnachtsmann ist tief betrübt
Weil es ihn eigentlich nicht gibt.

Der Weihnachtsmann verkündet laut:
»Ich habe jetzt mein Coming-out!«
Und in der weihnachtsfreien Zeit
Näht er sein erstes Abendkleid.
In dem macht er ganz schön was her
Wenn nur der weiße Bart nicht wär.

Großfamilie Schlonz aus Schlade
Spielt heiligabends gern Scharade
Grad ward der Opa auserkoren
Mit Christbaumkugeln an den Ohren
In Würde und erstarrter Pose
Mit grünem Hemd und off'ner Hose
Steht er auf dem Beistelltisch
Doch was er darstellt, schnallt man nicht.
Kusine Hildegard aus Bingen
Vermutet »Götz von Berlichingen«
Tante Edeltraud aus Linz
Tippt aufs Buch »Der kleine Prinz«
»Macht hoch die Tür, die Tor macht weit«
Brüllt Enkel Tim aus Lüdenscheid
Oma murmelt: »Sechzehnender!«
Doch keiner kommt auf »Christbaumständer«.

Sind Weihnachtswichtel voll dabei
Sie kratzen Rotz von ihren Lätzchen
Und backen daraus Weihnachtsplätzchen
Für Kinder, welche Böses taten
Das Rezept wird nicht verraten.

Das Engelchen sagt schamgerötet:
»Ich hab den Sack falsch zugelötet«.
Und an des Weihnachtsmannes Blicken
Sieht es: Jetzt heißt's wieder: bücken.

Ab und zu verzehrt der Weihnachtsmann
Zum Frühstück mal ein Ei.
Meist jedoch isst er zwar keins,
Legt aber nach dem Frühstück eins.

Wie »Bild im Himmel« uns verrät:
Der Weihnachtsmann ist auf Diät.
Zwei Wochen hat er schon gelitten.
Es gibt nur Rentier, ohne Fritten.

Der Gutmensch

Es klingelte.

»Das wird der Weihnachtsmann sein«, rief die Mutter und ging zur Tür.

»Kommt der nicht immer durch den Kamin?«, fragte das Kind.

»Wir haben keinen Kamin«, brummte Vater hinter seiner Zeitung. Mutter hatte die Haustür erreicht und öffnete sie. Draußen stand ein bartloser junger Mann mit halblangem, braunen, fettigen Haar, Parka, Jeans und einem Rucksack.

»Wir geben nichts«, meinte Mutter mechanisch.

»Doch, das werden Sie«, versetzte der junge Mann, »ich bin der Weihnachtsmann vom Studentenwerk.«

»Wo ist denn Ihr Kostüm?«

»Das habe ich drunter«, sagte der Student, »würden Sie mich vielleicht freundlichst hereinlassen, es ist arschkalt und regnen tut es auch.«

Er drängte sich an der Mutter vorbei in die Diele, legte Rucksack und Parka ab und stand nun da in Jeans und einem rotweiß-gestreiften T-Shirt mit der Aufschrift »Santa Claus«.

»Sie wollen doch nicht in diesem Aufzug unser Kind bescheren?«, fragte die Mutter entgeistert, »wo ist Ihr Kostüm, Bart, Mütze, Mantel und der Sack? Wofür zahlen wir denn das viele Geld?«

»Wir sind mittlerweile im dritten Jahrtausend angekommen, gute Frau. Das Kostüm, das Ihnen vorschwebt, entstand in den 30er-Jahren des vorigen Jahrtausends, heutzutage bevorzugen wir vom Studentenwerk eine Light-Version. Wir legen auch ausdrücklich keinen Wert mehr darauf, von den Kindern für eine mythologische Figur gehalten zu werden, die letztlich doch nur ein Werbe-Gimmick von Coca Cola war. Kann ich jetzt das Kind sehen, ich habe noch ein strammes Programm heute. Ach ja, das Geld bitte im Voraus.«

»Wieso das denn?«

»Ist bei uns so üblich, denken Sie sich nichts dabei.«

Die Mutter kramte in ihrer Kittelschürzentasche und hielt ihm unwillig fünf Zehner hin. »Danke, wo geht's lang?«

»Ich geh' mal vor.«

Mutter öffnete die Wohnzimmertür, das Kind konnte gerade noch rechtzeitig zurückspringen und startete mechanisch seinen Vortrag: »Vom tiefen Walde komm ich her und darf euch sagen …«

»Geschenkt«, unterbrach ihn Santa light, »das ist ja ursprünglich mal mein Text gewesen, sag mal, du glaubst doch nicht mehr an den Weihnachtsmann, oder? Also, ich bin der Robert und soll dir die Geschenke überreichen, die deine Eltern für dich gekauft haben.«

Der Regisseur, der diese Geschichte zu verfilmen hätte, würde jetzt im Split-Screen-Modus das langsame Herunterklappen der elterlichen Kiefer zeigen, wir denken uns das jetzt einfach. »Boooh, ist das krass«, keuchte Ben Lorenzo, »ihr habt mich angelogen? Es gibt keinen Weihnachtsmann? Und ich habe euch noch in Schutz genommen, als Bernd das Boot das behauptet hat!«

»Es heißt: Bernd das Brot«, korrigierte Robert das erregte Kind.

»Quatsch, ich mein doch Bernd aus meiner Klasse, der immer mit dem Segelboot seines Vaters angibt!«

»Junger Mann, könnte ich Sie mal unter vier Augen in der Küche sprechen?«

»Für Einzelgespräche mit rückständigen Eltern reicht das Zeitfenster leider nicht aus, lieber Herr Stellkamp, ich würde jetzt gerne meine Performance fortsetzen. Also, Ben Lorenzo, was haben wir hier … den sprechenden Helm von Darth Vader.«

»Ey, krass, ey«, stöhnte das Kind voller Vorlust.

»… und den Transformer Optimus Prime …«

»Yes«, schrie der Hoffnungsträger und machte eine Becker-Faust.

»Ich schlage vor, du entscheidest dich für ein Geschenk und das andere spendest du einem Kind, das sonst gar nichts bekommen würde, ich habe hier eine Liste …«

»Wieso soll ich denn was spenden?«

»Weil du feststellen wirst, dass sich das ganz geil anfühlt, du würdest von uns dann auch ein T-Shirt bekommen mit dem Schriftzug ›Gutes tun tut gut‹, wie findest du das?«

»Voll scheiße, ey«, schrie das Kind, »das T-Shirt könnt ihr euch hinten reinschieben, ich habe allen in der Klasse erzählt, dass ich den Helm und den Optimus kriege, was sollen die denken?«

»Die werden denken, dass du ein obercooler Typ bist, der auch an andere denkt, denen es nicht so gutgeht, das finden übrigens besonders die Mädels toll, falls dich das interessiert.«
»Was soll das denn jetzt wieder heißen«, brachte sich der Vater ein, »unterstellen Sie meinem Sohn jetzt auch noch, dass er schwul ist?«

»Ich hätte nichts dagegen, bin es schließlich selber«, sagte der Weihnachtsmann und grinste breit.

»Damit mal eins klar ist: Wenn mein Sohn nur die Hälfte seiner Geschenke bekommt, die ich bezahlt habe, die also noch immer mir gehören, geben Sie erst mal die Hälfte Ihrer Gage zurück.«

»Okay, Sie hatten die Wahl und haben sich für die Arschloch-Seite entschieden.«

Mit diesen Worten zog er eine Pistole aus dem Rucksack und legte auf Ben Lorenzo an.

»Sie bringen mir jetzt blitzartig alles, was an Bargeld und Wertsachen im Haus ist. Die Hälfte aus dem Erlös geht an Wohltätigkeitsorganisationen. Ihren Hoffnungsträger nehme ich als Sicherheit mit und wenn Sie brav waren und keine Polizei rufen, kriegen Sie ihn wohlbehalten zurück, sogar mit einem neuen T-Shirt mit dem Aufdruck: ›Santa meets Robin Hood‹.«

Dumm gelaufen

Nur, damit Sie mich richtig verstehen: Ich wurde nicht eines Morgens wach und beschloss, etwas zu tun, was noch nie ein Weihnachtsmann getan hat. Es war ein schleichender Prozess. Ich hatte einfach schon lange das Gefühl, keinen Rückhalt mehr in der Bevölkerung zu haben, wie es ein Politiker ausdrücken würde. Gut, das stört den Papst auch nicht groß, aber der ist ein Mensch, die sind ohnehin nicht so sensibel, und ein Papst will auch nicht gemocht werden, der will Macht, das ist eine ganz andere Baustelle. Ein Beispiel: Einer der Backengel kommt an und zeigt mir strahlend auf seinem Computer ein sogenanntes Fun-Pic, das ihm einer seiner Kumpane gemailt hat, auf dem ich zu sehen bin, vor meinem Schlitten, die Rentiere liegen im Schnee, ich liege auf dem Rücken und ein Großwildjäger mit Flinte grinst in die Kamera, den linken Fuß auf meinem Bauch. Das war natürlich nicht ich oder einer meiner Kollegen, von denen es ein paar Hundert gibt, sondern ein geschmackloses Fake.

Und dann kommt einer aus der Spielwarenmanufaktur fragt: »Sag mal, Niki« – wir heißen intern alle Niki – »stimmt das, was ich da gelesen habe, dass die Kinder in Amerika das eigentlich eher lästig finden, wenn die Eltern sie in der Vorweihnachtszeit in den Warenhäusern dem Weihnachtsmann auf den Schoß setzen, damit sie ihm ihre Wünsche ins Ohr flüstern können?« »Ja, das ist wohl so«, sagte ich, »und das ist noch nicht alles. Schau dir das mal an, solche Briefe an uns kursieren jetzt im Internet.« Und dann las ich ihm diese Passage vor: »›Hey Fettsack, du musst echt Eier haben, dass du mir dieses verfickte Jojo, eine dämliche

Blockflöte und dieses widerliche Paar Socken unter den Baum gelegt hast!! Was zur Hölle hast du dir dabei gedacht, du Fettarsch, dass du mich zum Narren gehalten hast, das ganze verfickte Jahr hab ich mir den Arsch aufgerissen und DAS liegt unter dem Tannenbaum?‹

Und so weiter. Am liebsten würde ich mir dieses Früchtchen mal so richtig vorknöpfen, ihm erst mal seinen dicken Hintern versohlen.«

»Wieso dick?«, fragte der Spielwarenkollege.

»Na, diese Blagen von heute stopfen sich doch den ganzen Tag Fast Food und Süßigkeiten in sich rein, diese vollgefressenen Strümpfe!«

»Klingt ein bisschen komisch, wenn ausgerechnet du dich darüber aufregst«, meinte der Kretin und grinste mich unverschämt an. Irgendwie ist mir dann wohl eine Sicherung durchgebrannt. Jedenfalls gab es eine Riesenaufregung im Himmel, eine Gerichtsbarkeit in dem Sinne, die sich mit Totschlag im Affekt befasst, haben die ja nicht. Um es kurz zu machen: Ich bin auf Bewährung wieder auf der Erde. So ne Art Straflager. Ich habe gebettelt und gefleht: »Kann ich nicht was Spannendes machen, Polizeibeamter im Rotlichtmilieu oder Getränkegroßhändler,?« aber da meinten sie, das wäre keine Strafe und so sitze ich jetzt hier in diesem Kaff und bin FDP-Abgeordneter im Kreistag. Der Himmel ist voller Ärsche!

Zehn doofe Weihnachtswichtel

(Wird gesungen auf der Basis von »Zehn kleine Negerlein«.)

Zehn doofe Weihnachtswichtel
Angelten am Rhein
Lange biss kein Fischlein an
Da hängten sie nen Köder dran
Da warens nur noch neun
Da waren's, da waren's, da waren's nur noch neun.

Neun doofe Weihnachtswichtel
Die hatten einen Schmacht
Der Appetit war riesengroß
Den dicksten Wichtel traf das Los
Da waren's nur noch acht.
Da waren's, da waren's, da waren's nur noch acht.

Acht doofe Weihnachtswichtel
Die ließen einen fliegen
Doch einer macht trotz Gasalarm
Sich eine Weihnachtskerze an
Da waren's nur noch sieben.
Da waren's, da waren's, da waren's nur noch sieben.

Sieben doofe Weihnachtswichtel
Die trafen eine Hex'
Die suchte sich den Größten aus
Als Sklaven für ihr Knusperhaus
Da waren's nur noch sechs.
Da waren's, da waren's, da waren's nur noch sechs.

Sechs doofe Weihnachtswichtel
Warfen ein Klavier
Zwei waren äußerst sportlich drauf
Und brüllten laut: Wir fangen's auf
Da waren's nur noch vier.
Da waren's, da waren's, da waren's nur noch vier.

Vier doofe Weihnachtswichtel
Spielten mal Versteck
Ne Bärenhöhle, wie man weiß
Gibt selten nen Besucher preis
Da war der Nächste weg.
Da war, da war, da war auch noch der nächste weg.

Drei doofe Weihnachtswichtel
Trieben Zauberei
Sie haben einen durchgesägt
Und dann zu ihrem Schreck gecheckt:
Jetzt sind wir nur noch zwei
Jetzt sind wir nur, jetzt sind wir nur, jetzt sind wir nur noch zwei.

Zwei doofe Weihnachtswichtel
Mussten furchtbar lachen
Sie stellten fest: Vom Körperbau
Her sind wir beide Mann und Frau
Lass uns acht Kinder machen.

Und als das war gescheh'n
Da waren's, da waren's, da waren's wieder zehn.

Jedes Jahr gibt Weihnachtsmann
Thailand als sein Wunschland an.
Weil winters da die Sonne schiene
Und außerdem gäb's kaum Kamine.

Weihnachtsmann, der Gute
Schwenkte seine Rute
Vor einer lieben Rentnerin
Die legte sich vor Lachen hin.
So kann man auch mit kleinen Dingen
Den Menschen Spaß und Freude bringen.

Sehr geehrter Tizian,
Dein Krippenbild kam heute an.
Es ist ein Meisterstück fürwahr
Der Stall mit Penthouse – wunderbar.
Auch die 120 Hirten
Die mit ihren Ziegen flirten
Was für ein Einfall, wie famos
Dein Maltalent ist wirklich groß.

Doch ...
... die Weisen aus dem Morgenland
Ich hab sie nicht sofort erkannt.
Kannst du die bitte übertünchen?
Mit den Trikots von Bayern München
Stören sie das Bild doch sehr
Gleiches gilt für den Transfer.
So wird allgemein bestritten
Dass sie auf Elefanten ritten.
Und denke bei den Korrekturen
Auch an die vielen Kuckucksuhren
Wie üblich sei dein Künstlersold
Ein Kilo Haschisch unverzollt.

Meister Tizian
Markusplatz 3
Venedig

Santa Claus hasst Festlichkeit
Und meidet jede Feier.
Die Weihnacht geht ihm auf den Sack
Und Ostern auf die Eier.

Damit er auch privat was hat
Zwackt Santa gern Geschenke ab.
Die wandelt er, weil er nicht dumm
Bei Ebay flink in Bargeld um.
Mit dem so erzielten Zaster
Finanziert er seine Laster:
Frohes Zocken im Kasino,
Frauen, Männer, Koks und Vino.
Sodass er binnen kurzer Frist
Happy aber pleite ist.
Dann gröhlt er vor der Himmelstür:
»Macht hoch die Tür, ich brauch Hartz IV!«
Was Petrus jedes Mal verbiestert
Denn der hat immer brav geriestert.

Das Weihnachtsfest ist wunderschön
Was Gans und Karpfen anders seh'n.

WEIHNACHT
IST
MORD!!!

Wenn das Jesuskind sagt: »Paps
Hier kommt dein Verdauungsschnaps!«,
Gibt dann die Antwort: »Danke, Kleiner«;
Der liebe Gott oder der Schreiner?

Kekse, an die 1000 Stück
Aus feinstem Mürbeteig
Machten den Weihnachtsmann so dick
Und seinen Stuhl schön weich.

Meine Kipferl sind echt lecker
Dachte sich der Weihnachtsbäcker.
Meine Frau wird sie verputzen
Da werd ich doch Arsen benutzen!
Und genau vor den Kamin
Stellt er den Kipferlteller hin.
Bald krochen süße Kipferldüfte
Durch den Schornstein in die Lüfte.
Das Rentier blähte seine Nüstern,
Der Blick des Weihnachtsmanns wird lüstern.
Am Weihnachtsmorgen, welche Not:
Die Olle lebt, Santa ist tot.

Man hört den Straßenhändler klagen:
»Kein Schwein will meine Tannen haben.
Meine schönen Koniferen
Scheinen keine Sau zu scheren.
Ich hab doch alles schon probiert:
Werbung, Preise reduziert;
Auch der Standort ist ganz toll
Und ich hab das Monopol!
Nein, echt, die Leute spinnen!
Ich pack jetzt ein und gehe schwimmen.«
Was du vielleicht noch wissen musst:
Das Gedicht spielt im August.

DER ABGESCHLOSSENE ROMAN

I. Eckis Eck

Der Mann kniff die Augen zusammen, als eine Windböe ihm den feinen Schnee ins Gesicht peitschte. An Heiligabend eine Kneipe zu finden, die geöffnet hat, ist gar nicht einfach. Und Smartphones mit den entsprechenden Suchmöglichkeiten waren noch nicht erfunden. Endlich: Eine Leuchtreklame blinkte einladend: »Eckis Eck«.

Der Mann trat ein, wischte sich den Schnee vom Kopf, setzte die Reisetasche ab, hängte den Mantel an die Garderobe, setzte sich an die Bar und bestellte einen Grog. Die Namensgebung des Lokals hatte seine grauen Zellen in Wallung gebracht. Eckis Eck, Connys Corner, Horstis Horst, Ottos Örtchen, Hottes Hütte, Carstens Kastell, Gruftis Gruft, nein, der war blöd. Der Grog kam, wurde gekostet und ließ die Speiseröhre umgehend erglühen. Der Mann war Refluxösophagetiker und wusste: Mehr als einen Säurelocker dieser Kategorie mit hochprozentigem Alkohol und Zucker, und er konnte die Nacht in der Badewanne verbringen, weil das Sodbrennen ihn sonst umgebracht hätte.

Außer ihm und dem Wirt war nur noch ein Gast da, eine Frau, sie saß an einem der Tische und hatte ein Viertel Weißwein vor sich. Der Mann fragte den Wirt: »Kann man bei Ihnen was essen?«

Ohne von der Zeitung aufzublicken sagte der Wirt: »Landjäger mit 'ner Scheibe Brot.«

Der Mann zögerte, da hörte er die Frau sagen: »Ich habe eine Ente im Ofen, die braucht noch eine halbe Stunde, bis dahin könnten wir bei mir sein, den Baum schmücken und den Rotwein atmen lassen, den Sie in Ihrer Reisetasche haben.«

»Genauso machen wir's«, sagte der Mann, legte einen Zehner auf den Tisch und die beiden verließen das Lokal.

Ohne ein Wort gesprochen zu haben, betraten sie wenig später eine gemütliche kleine Wohnung und liebten sich noch im Flur. Dann nahm der Mann den winzigen roten Seidenslip der Frau und hängte ihn an den Weihnachtsbaum, der schmucklos bis auf ein paar Kerzen neben dem Fernseher stand. Der Mann öffnete seine Reisetasche, entnahm ihr etwa zwei Dutzend weitere Damenslips und schmückte den Baum.

»Wie findest du es?«, fragte er die Frau.

»Toll«, sagte sie mit vollem Mund und ließ ihn auch von der perfekt gebratenen Entenkeule probieren.

»Superb«, murmelte er, öffnete die Flasche Tignanello, die er aus seiner Reisetasche geholt hatte, schenkte ein, und sie prosteten sich zu. In der Küche, während die Frau die Ente vollständig tranchierte, liebten sie sich erneut, später, als die brennenden Kerzen am Baum sich in den Seidendessous spiegelten, ein weiteres Mal.

»Wollen wir nächstes Jahr vielleicht mal ein anderes Rollenspiel ausprobieren?«, fragte die Frau irgendwann.

»Och, ich finde dieses so toll, aber wenn du unbedingt willst, lasse ich mir was einfallen. Vielleicht: Wir kommen nach Hause, wollen poppen und dann fällt uns ein, dass wir ganz leise sein müssen, damit die Kinder nicht wach werden!«

»Ja, das können wir machen, das wird schön. Fröhliche Weihnachten, mein Schatz, und was ich noch sagen wollte: Ich bin übrigens schwanger.«

II. Porno Santa

Robert, 24, wartete sehnsüchtig auf das zarte Bimmeln, das die Ankunft des Weihnachtsmannes ankündigen würde. Robert war ein wenig retardiert, geistig auf der Stufe eines Sechsjährigen, dafür kannte er jeden Film, der in den letzten 15 Jahren gedreht worden war mit Titel und komplettem Abspann, soweit es im Internet verfügbar war. Es reichte ihm ein einziges Detail aus dem jeweiligen Werk und er ratterte die Infos runter. Dieses Mal würde übrigens der Vater den Weihnachtsmann spielen, das Studentenwerk war ausgebucht. Im Sack wartete als Geschenk eine kleine kompakte virtuelle Surround-Aanlage für den Computer, die das Kinderzimmer in ein High-Tech-Kino verwandeln würde. Die Tür ging auf, Vater erschien im Weihnachtsmann-Kostüm, den Sack auf dem Rücken, in der Linken das Goldene Buch mit Roberts Verfehlungen, soweit man davon sprechen konnte. Robert guckte angestrengt, zwei steile Grübelfalten zerfurchten die verpickelte Stirn des Autisten. Dann begann er zu strahlen, was sein altes Kindergesicht fast schön wirken ließ und legte los: »Rudolf, das Rentier mit dem roten Dödel, deutscher Pornofilm aus dem Jahre 1991, Handlung: Der Weihnachtsmann beglückt ein ganzes Mädcheninternat samt Kollegium unter Mithilfe seines Rentiergespanns. Regie: Lars Larsen, Kamera: Albert Zweistein, Darsteller: …« Dann fiel Vaters Name und Mutter in eine barmherzige Ohnmacht.

III. Das Problem

Die Aufnahmeprüfung für Weihnachtsmänner ist traditionell rein schriftlich. Nur so ist zu erklären, dass Eberhard von Wangen, alter deutscher verarmter Adel, sie bestand. Denn normalerweise hätte man ihm eine Anstellung, selbst eine auf Probe, verweigern müssen. Es war ein bisschen so, als wenn ein Legastheniker ein Tattoo-Studio eröffnet hätte. Und die Probleme ließen nicht lange auf sich warten. Eberhard lenkte den Rentierschlitten geschickt auf den Behindertenparkplatz und sprang vom Bock, direkt vor die Politesse.

»Ich hoffe für Sie, dass Sie eine Behinderung haben«, blaffte sie.

Eberhards Kopf zuckte ein wenig, als er antwortete: »Na klar, Tourette, du F… F… F…«

Den letzten Teil des Wortes hörte die Frau schon nicht mehr. Und Eberhards Dienst hatte gerade begonnen.

Weihnachtsgeschichte

Der Weihnachtsmann schlug die Augen kurz auf und sofort wieder zu. »Bloß kein Licht«, dachte er stöhnend. »Andererseits«, setzte er seinen inneren Monolog fort, »werde ich ohne zu gucken, nicht erfahren, wo ich bin.«

Er lag in einem Bett, so viel stand mal fest, aber wo stand das Bett? Doch, halt, langsam kam's ihm, sie hatten Weihnachtsfeier gehabt, für die Mitarbeiter, also war es September, denn da ist immer die Weihnachtsfeier für Weihnachtsmitarbeiter, weil ja in der Hochsaison keine Zeit ist. Aber was in drei Teufels Namen hatte ihn bewogen, sich derartig die Kante zu geben? »Hast du Lust, in Frührente zu gehen?« hatte Jakobus gefragt, einer von Petrus' Ministerialbeamten.

»Nein«, sagte Belly, wie der Weihnachtsmann wegen seines Glöckchens und seiner Wampe genannt wurde, ein Wortspiel, das natürlich nur im Englischen funktioniert, aber im Himmel wird ja Englisch gesprochen und nicht Latein, wie jeder verstorbene Papst zu seiner Betrübnis feststellen musste.

»Schade«, hatte Jakobus gemeint, »aber gehen musst du trotzdem, der Alte hatte einen Unternehmensberater da, von wegen Rationalisierung und so, und der hat gesagt, der Weihnachtsmann ist nur noch bei den ZDF-Zuschauern ein Thema, in der werberelevanten Zielgruppe glaubt das keine Sau mehr, Geschenke werden gekauft, wie alles andere auch und fertig.«

»Seit dem vierten Jahrhundert bringe ich den braven Kindern die Weihnachtsgeschenke und das soll jetzt auf einmal vorbei sein? Das wird einen weltweiten Aufschrei der Empörung

Merry Christmas

geben, Bono, Bob Geldof und Grönemeyer werden Solidaritätskonzerte geben, da ist die Klimafete von Al Gore eine Dorfkirmes gegen!«

»Jetzt bleib mal auf dem Teppich«, sagte Jakobus mit einem leicht genervten Unterton, »wenn Coca Cola nicht 1931 die Idee gehabt hätte, mit dir jedes Jahr zu Weihnachten eine Werbekampagne zu fahren, würde dich vermutlich kaum noch einer kennen, so sieht's doch aus!«

»Und was ist mit den anderen, Chrissie, Niki, Bunny und Ruppi? Gehen die auch alle in Frührente?«

»Na klar, die waren sogar froh und das solltest du auch sein! Haus Noah ist eine super Seniorenresidenz, das älteste Haus am Platz, von lauter Seen umgeben, sagenhafte Fauna und Flora, ehrlich, ich würde sofort mit dir tauschen, aber als Ministerialbeamter ist an Frühpensionierung natürlich nicht zu denken, da heißt es schuften bis zum letzten Gong!« Und bitte gewöhn' dir diese blöden Kosenamen ab. Wir reden vom Christkind, vom Nikolaus, vom Osterhasen und von Knecht Ruprecht.«

Wird Belly sich mit der Abschiebung aufs Altenteil abfinden, oder wird zusammen mit den anderen eine Palastrevolution anzetteln? Suchen Sie sich's aus!

Das Tribunal

»Hiermit eröffne ich die Verhandlung gegen den Weihnachtsmann CR2J15-XM_Ger-2416, zuständig für Deutschland, Niedersachsen, Hannover, Bezirke usw. usw. Dem WM wird zur Last gelegt, seine Position für sexuelle Handlungen ausgenützt zu haben. Was hast du dazu zu sagen?«

»Nichts, das ist mir alles zu blöd. Nur weil ein sechsjähriges Kind, das zu viel fernsieht, erzählt, ich hätte während der Bescherung zu seiner Mutter gesagt: ›Halt mal meinen Sack, damit ich dir an die Titten packen kann‹, veranstaltet ihr hier diesen Zirkus, das ist doch krank!«

»Hast du das nun gesagt oder nicht?«

»Natürlich nicht! Ich habe gesagt: ›Halt mal meinen Sack, damit ich den Schlitten auspacken kann!‹«

»Das erinnert mich jetzt ein bisschen an Stefan Effenberg«, warf der Beisitzerengel ein, »der sich darauf rausreden wollte, er hätte zu den Polizisten ›Schönen Abend noch‹ gesagt und nicht ›Arschloch‹«.

»Jetzt wollen wir mal bei der Sache bleiben«, beschied ihm der Vorsitzerengel unwirsch. »Warum sollte sich das Kind verhört haben?«

Der WM lächelte triumphierend und holte sein i-Pad heraus.

»Weil ich hier ein Foto des Kindes habe, geschossen während der Bescherung mit meiner Knopflochkamera, was ich übrigens nur jedem WM wärmstens empfehlen kann, weil das ja mit diesen ungerechtfertigten Anschuldigungen überhandnimmt in letzter Zeit. Und was fällt Ihnen auf, Herr Vorsitzender?«

»Äh, das Kind hat Übergewicht.«

»Ja, was ich aber meine, sind die Ohrhörer, die das Kind trägt, es hört also während der Bescherung Musik!«

»Hast du auch ein Bild von der Mutter?«, fragte der zweite Beisitzerengel.

»Na klar«. Der angeklagte WM ließ es mit einer Wischbewegung erscheinen.

»Na, da soll mir doch der Teufel einen ...«, entfuhr es dem Vorsitzenden, und er ließ das i-Pad herumgehen.

»Ich frage die Geschworenenengel: Wer hätte an Stelle des Angeklagten seine Position als Weihnachtsmann so ausgenutzt, wie es die Anklageschrift formuliert?«

Zwölf Hände schossen in die Höhe.

»Du kannst es dir jetzt aussuchen, ob du wegen sittlicher Unreife oder Blödheit verurteilt wirst, die Strafe bleibt sich gleich, ein Bier auf ex!«

»Dann nehme ich Unreife, und füge hinzu, dass sie sich ganz toll angefühlt haben! Prost, Kollegen.«

Wie sich später herausstellte, bekam dieser Sketch den meisten Applaus von allen zehn aufgeführten und war somit der Sieger des diesjährigen Weihnachtssaisonabschlussfestes deutschsprachiger Weihnachtsmänner e.V.

Bitterer Kommentar einer nebenan tagenden Frauengruppe: »Weihnachts- oder nicht, es sind halt Männer! Was will man da erwarten?«

Mühsam zwängt der Weihnachtsmann
Sich durch den engen Schlot
Grau sind Nase, Wams und Bart
Vorher war'n se rot.

Caspar, Melchior, Balthasar
Wähnten, dass es Fasching war
Caspar ging als Astronaut
Melchior als Seemannsbraut
Doch der kecke Balthasar
Verkörperte Graf Dracula
In Bethlehem kam dieser Mann
Beim Jesuskind am besten an.

Die Nacht ist schwarz – im Wald ist Schicht
Im Bächlein spiegelt sich ein Licht.
Was mag das für ein Lichtlein sein?
Fanden vielleicht Engelein
Im Forst ein findiges Versteck?
Backen in Nachtschicht Christgebäck?
Kekse, Printen, Zimtgestirne
Pralinés mit Williamsbirne?

Oder stammt das rote Blinken
Von Rentier Rudolfs rotem Zinken?
Nein! Das Licht stammt ohne Frage
Von Knecht Ruprechts Haschplantage.
Gut 1000 Pflanzen wachsen fein
Im warmen infraroten Schein
So verdient der Ruprecht Knecht
Auch zur Sommerzeit nicht schlecht.

PS:
Und Nikolaus kriegt nicht zu knapp
Von der reichen Ernte ab.
Denn gäb' ihm Ruprecht nix zu kiffen
Hätt' Santa ihn schon längst verpfiffen.

Bunte Kugeln, gold'ne Sterne
Als Weihnachtsschmuck seh ich nicht gerne
Ich sage euch, wovon ich träume
Bananen an die Weihnachtsbäume!
Als zusätzliches Kann – kein Muss
Eine schöne Kokosnuss
Der ultimative Spaß
Zwei, drei reife Ananas
Als Kontrapunkt seh ich vor mir
Hammer, Zange, Schraubenzieher.

Der Weihnachtsmann wird renitent
Wenn man ihn nicht gleich erkennt.
So achte in der Weihnachtszeit
Auf einen Mann im roten Kleid.
Adipös, ja kugelrund
Weißer Bart auf rotem Mund.
Seine Augen: voller Güte
Auf dem Kopf: ne rote Tüte.
Fragst du den: »Wer bist denn du?«
Haut er ohne Warnung zu.

Kaspar, Melchior, Balthasar
Reisten an, weil Weihnacht war
Und hatten – wie man das so macht –
Fürs Kind Geschenke mitgebracht.

Maria rief: »Gold, Weihrauch, Myrrhe,
Leute, seid ihr völlig irre?
Meint ihr dumpfen Födel echt,
Dieser Kram wär kindgerecht?«

Die drei sind wortlos abgerauscht
Und haben alles umgetauscht.
Drum heißt es seit 2000 Jahren:
Kassenzettel aufbewahren!

Seit ein paar hundert Jahr'n genau
Wünscht Weihnachtsmann sich eine Frau
Sein Traum: Ein paar Mal mit ihr pennen
Und sich dann als Freunde trennen.
Doch bis dahin – tät das nicht jeder? –
Geht er den Rentieren ans Leder.

Knecht Ruprecht kommt zum Arzt und spricht:
»Ich spür am Sack ein Jucken.
Es nervt seit Wochen, beißt und sticht
Könnten Sie mal gucken?«

Der Medicus guckt sich das an
(Das kostet hundert Mäuse)
»Kaum zu glauben«, sagt er dann
»Sie haben Niko-Läuse.«

Ein Weihnachtsbaum ist nie zu klein
Fürs Weihnachtsfest in Liechtenstein.

Trinkt der Weihnachtsmann mal Sekt
Zeigt er sich gänzlich unbedeckt.

Willst du mal den Santa schrecken
Musst du sein Bier mit Fanta strecken.

Weihnachtsrezepte

Klassischer Mürbeteig

(kein Scherz, also absolut brauchbar)

400 g Mehl
200 g Zucker
2 Päckchen Vanillinzucker
250 g Butter
2 Eier

Alles zügig durchkneten und einige Stunden im Kühlschrank ruhen lassen.

Ausrollen und mit Backformen Figuren ausstechen und vor dem Backen mit geschlagenem Ei bestreichen und besonderes Augenmerk auf die liebevolle Gestaltung der primären und sekundären Geschlechtsmerkmale richten.

Ein besonderer Hingucker, sozusagen die Krönung für jeden bunten Teller, wäre natürlich die Beschränkung auf das Wesentliche: Weihnachtsglied und Weihnachtsvulva, vielleicht zur geschmacklichen Abwechslung aus Lebkuchenteig.

425 g Mehl
ein halbes Päckchen Backpulver
1 Ei
ein halber Teelöffel Zimt
1 Messerspitze Kardamom
1 geh. Messerspitze Nelkenpulver
1 Prise Salz

Für die Bemalung ein halbes Päckchen Puderzucker und einen Esslöffel Zitronensaft mischen.

Das etwas andere Weihnachtsmenü

Toast »Dawai«

Pro Toast 1 Scheibe Knäckebrot mit »Surströmming« belegen, laut Wikipedia eine schwedische Fischdelikatesse, die durch Säuerung konserviert wird. Er riecht »intensiv; faulig und stinkend«.

Mit Raclette-Käse belegen und überbacken, Teller mit Radieschen und Kiwischeiben ausdekorieren.

Wichtig: Kein Puderzucker!

Gans »brutal«

Einen halben Liter Chiliöl in eine küchenfertige Gans einmassieren und sie auf der Heizung atmen lassen.

Für die Füllung 500 g gemischtes gut gewürztes (Salz, Pfeffer, Tamarindenpaste, Lebkuchengewürz) Hack mit 200 g Speckwürfeln, einem geriebenen Apfel, 100 g geschredderten Trockenpflaumen, 30 Anchovis, Saft und Abrieb von 5 Zitronen, einem Spritzer Worcestershire-Sauce, einem Glas Pernod, 100 g Paniermehl und ca. 50 g mit Fernet Branca angerührtem Wasabi zu einem Teig verkneten, die Gans damit füllen und zutackern. Für ca. zweieinhalb Stunden bei 190 °C braten.

Als Beilage bieten sich mit Harzer Roller gefüllte Semmelknödel an. Wer Sauce möchte, püriert einfach eine Dose Sauerkraut, 1 Glas Jalapeños und eine Dose Litschis und erhitzt das Ganze zusammen mit einem Tetrapack Tomatensauce und reichlich Zartbitterschokolade. Auch hier wieder: Hände weg vom Puderzucker! Das Gericht besticht durch seine fröhliche Farbe und die Vermählung bisher für unvereinbar gehaltener Aromen.

Nachtisch

Wird niemand mehr wollen. Stattdessen eine Schweigeminute, in der wir unserer Geschmacksknospen gedenken.

Das Mini-Weihnachts-Lexikon

Von »Weih« bis »Weih«

Weihnachtsgeschenke
Zum Umtausch bereitliegende Gegenstände.

Weihnachtsengel
Im Westen auch bekannt als »Himmlisches Geflügel« und im sehr Nahen Osten als »Jahresendzeitbroiler«. In beiden Fällen ist gemeint eine flugfähige Weihnachtsgans als überirdisches Pendant zur Borsteinschwalbe.

Weihnachtskarpfen
Umgangssprachlich auch als Santa-Sushi bezeichneter Badewannenstöpsel.

Weihnachtsgebäck
Weihnachtlichem Backwahn entsprungene Backware, die durch jahrzehntelange Lagerung in alten Blechdosen (Keks-Castoren) ihre erschreckende Weihnachtsfestigkeit erlangt. Auf nasskalten Weihnachtsmärkten ist eihnachtsgebäck häufig das einzige warme und trockene Plätzchen, das zu kriegen ist.

Weihnachtsstollen
A) Ein als Kalorienkeule gefürchtetes Festgebäck. Bereits die Menschen der Jungsteinzeit stellten große Weihnachtsstollen erstens her und dann zweitens kreisförmig auf Wiesen auf und nannten es »Stonehenge«.
B) Saloppe Bezeichnung für einen unterirdischen Gang, in dem verschüttete Bergleute über die Weihnachtstage auf Rettung hoffen.

Weihnachtsferien
Die verdiente Atempause vom 26. Dezember bis zum 1. Advent.

Weihnachtslametta
Semisakrale Luftschlange aus zwiefach gedengelter Silberfolie.

Weihnachtsmann
An chronischer Doromanie leidende Sack-Kralgestalt der abendländischen Mythologie. Seine traditionell rote Gewandung geht einigen Historikern zufolge auf Coca Cola zurück. Das kann aber nicht stimmen, denn dann müsste das Outfit logischerweise schwarzbraun sein. Also wird es wohl eher von Ketchup oder Himbeerbrause kommen.

Weihnachtsstern
A) Strahlenförmige Wipfelabschlussdekoration der Weihnachtstanne.
B) Neutestamentarisches GPS-System zur visuellen Ortung von Krippen.
C) Weihnachtliche Sonderausgabe einer beliebten deutschen Wochenillustrierten.
D) Das, was man nach weihnachtsüblichen handfesten familiären Auseinandersetzungen sieht.

Weihnachtsglocken
Umgangssprachlich: eine durch Weihnachtsgeld vollfinanzierte Brustvergrößerung.

Weihnachtsfest
Eine Person, die dem Wahnsinnsstress des Christfestes mit stoischer Ruhe und großer Nervenstärke begegnet, bezeichnet man als »weihnachtsfest«.

Weihnachtsbaum
Konifere mit unartgerechter Zweigdekoration. Ihre Qualität bemisst sich nach Harzgehalt. Die Qualitätsskala reicht von Harz 1 bis Harz 4. Zum Zeitpunkt der Bescherung hat sich der Weihnachtsbaum exakt zwischen Christbaumständer und Christbaumspitze zu befinden.

Weihnachtsbaumspitze
Visierungshilfe für die ballistische Entsorgung des Weihnachtsbaumes. Z. B. per Wurf aus dem Fenster (Methode »Prager Fenstersturz«) oder gezielter Sprengung auf dem Balkon (Methode »Houston, wir lösen ein Problem!«).

Weihnachten
Für die Christenheit das neben Ostern wichtigste Fest, für Kölner dagegen ein störender, ja, schmerzhafter Eingriff in ihre Karnevalssession.

Weihnachtsinseln
Weihnachtsbaumfreie und silberglöckchenklanglose Zonen, die Weihnachtsmuffeln als Rückzugsbiotope dienen können. Beispiele: Mao-Mausoleum in Peking, Wrack der Titanic, Einkaufszone von Großburgwedel, aber auch Death Valley in Nevada, wahlweise das Karnevalsbiwak der Kölner Prinzengarde.

Weihnachtskarte
Antike E-Mail, aber in bunt und viel langsamer.

Weihnachtskugel
A) Überfüttertes Kind am zweiten Weihnachtstag. Aufgrund des hohen Kalorienaufkommens während der Festtage spricht der USA-Amerikaner auch von der sogenannten X-Mast.
B) Das Gewehrprojektil, mit dem der Waidmann den Weihnachtsbraten in spe zur Strecke bringt.

Weihnachtsfilme
Von Fernsehanstalten gezeigte Filme, deren Inhalte besonders geeignet sind, dem Festtagstprogramm eine besinnliche Note zu geben. Sehr beliebt bei TV-Anwendern über 40 sind beispielsweise:

»Der kleine Lord«, »Doktor Schiwago« und »Vom Winde verweht«. Die Zielgruppe der unter Zehnjährigen hingegen favorisiert dagegen weihnachtliche Betthupferl wie z. B. »Das Schweigen der Lämmer«, »Lolita« und »Apokalypse Now«. Allen zur Weihnacht gezeigten Filme ist gemein, dass durch millionenfache Wiederholung die Farben derart rausgenudelt sind, dass sie wie Schwarzweißfilme wirken.

Weihnachtssegen
Das vermutlich einzige sprechende und auch beliebteste Telegram der Welt, das von einem Papst dargestellt wird und in über 20 Sprachen verlesen wird. Dabei gilt stets ein besonderer Gruß den beiden Maskottchen der päpstlichen Schweizergarde: Urbi und Orbi.

Weihnachtskrippe
Laut Neuem Testament Jesu erstes Schlafmöbel. Seitdem in kleinerem Maßstab millionenfach nachgebaut. Die meisten Nachbauten erinnern an den Zeitungsständer »Knörre« eines schwedischen Möbelgroßhändlers. Qualitativ minderwerte Krippennachbauten nennt man auch »Pseudo-Kripp«.

Weihnachtswichtel
Minderjährige Mitarbeiter in weihnachtlichen Event-Einrichtungen wie Himmelsbäckerei, Weihnachtspostamt und Geschenkpackstation. Dem Vorwurf der Gewährung von Kinderarbeit entgegnete der Weihnachtsmann, von Kinderarbeit könne ja wohl kaum die Rede sein, weil er niemals einen verfluchten Gedanken darauf verschwendet hätte, den kleinen verlausten Scheißern auch nur einen keinen einzigen Cent zu zahlen! Basta!

Weihnachtsoratorium
Gemeinschaftlich begangene nächtliche orale Ruhestörung.

Weihnachtsmesse
Fachmesse für falsche weiße Bärte, Weihnachtsschmuck und Anti-Depressiva.

FSC
www.fsc.org
MIX
Papier aus verantwortungsvollen Quellen
FSC® C043106

Verlagsgruppe Random House FSC-DEU-0100
Das für dieses Buch verwendete
FSC®-zertifizierte Papier *Hello Fat Matt 1,1*
liefert Condat, Le Lardin Saint-Lazare, Frankreich.

1. Auflage

Satz und Layout: O. W. Schmitt, Umschlaggestaltung unter
Verwendung einer Illustration von Tim Posern
Druck und Einband: Grafisches Centrum Cuno GmbH & Co. KG
Printed in Germany
ISBN 978-3-8135-0511-5

www.knaus-verlag.de

Jürgen von der Lippe, Jahrgang 1948, ist seit Jahrzehnten als erfolgreicher Comedian und Moderator auf Bühnen und im Fernsehen unterwegs. Er lebt in Berlin und ist u. a. Träger des Bambi, des Grimme-Preises und der Goldenen Kamera.

Klaus De Rottwinkel, Jahrgang 1958. Graphiker, Liedtexter und Fernsehautor. Lebt im Sauerland in einem winzigen Dorf mit Panoramablick auf eine Weihnachtsbaumplantage.

Tim Posern, ein echter 68er, studierte Deutsche Philologie, arbeitet als Grafiker, Kinderbuchillustrator, Trickfilmzeichner. Er lebt in Berlin.

Noch mehr Spaß bei KNAUS&KO

Simon Borowiak
Du sollst eventuell nicht töten
Eine rabenschwarze Komödie
224 Seiten, 17 s/w-Abb.
Pappband, 12,5 × 20,0 cm
€ 14,99 [D] / € 15,50 [A] / CHF 21,90*
ISBN 978-3-8135-0510-8

Katinka Buddenkotte
Betreutes Trinken
Roman, 384 Seiten
Klappenbroschur, 13,5 × 21,5 cm
€ 14,99 [D] / € 15,50 [A] / CHF 21,90*
ISBN 978-3-8135-0509-2

KERZILEIN - Das Hörbuch
Der auditive Adventskalender.

Gelesen und gesungen von Jürgen von der Lippe.
Gastsänger: „Black“ von „Schobert & Black“

Mit umfangreichem CD-Booklet mit Illustrationen von Tim Posern.

Auswahl mit Musik,
ca. 65 Minuten.
Von Jürgen von der Lippe und Klaus De Rottwinkel.
Im Handel und als Download erhältlich.
12,99 € [D/A] 19,90 CHF

www.random-house-audio.de

RANDOM HOUSE AUDIO

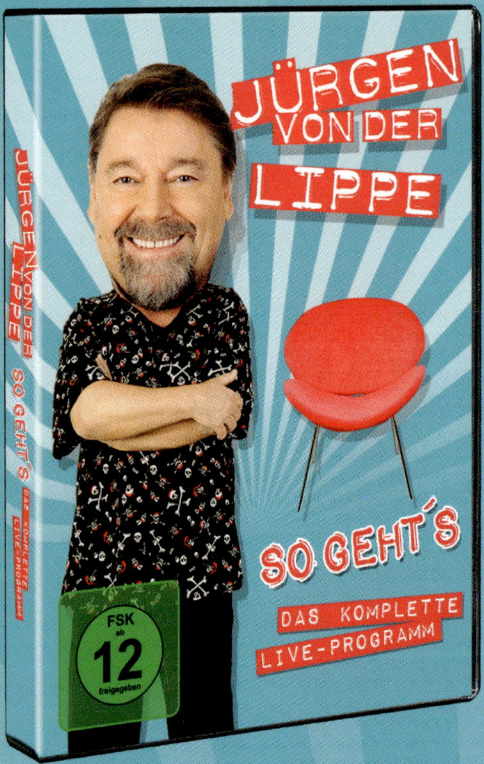

NEU! DVD 88691 99485 9
So geht's – Das komplette Live-Programm – Live-DVD

Doppel-CD 88697 84331 2
So geht's – Das komplette Live-Programm

JÜRGEN VON DER LIPPE

SO GEHT´S

JÜRGEN VON DER LIPPE
So geht's – Live-DVD

Gibt es noch etwas Besseres als „Das Beste aus 30 Jahren"? Offensichtlich! Das Erste aus den nächsten 30 Jahren! Die Live-DVD „So geht's" von Jürgen von der Lippe ist ein kompletter Mitschnitt seines aktuellen, gleichnamigen Bühnenprogramms. Der bewährte Reigen aus Standup-Soli, Parodien und Liedern kommt diesmal als Comedy-Crashkurs für Senioren daher. „So geht's" ist eine Live-App für die spezielle Weltsicht und läuft auf jedem Betriebssystem. Aus dem Humus von gefühlten 100 Jahren Comedy-Erfahrung erwachsen wieder brüllkomische und typisch Lippesche Charakter-Karikaturen. Man hat den Eindruck, dass Jürgen von der Lippes Spaß am Schrägen immer größer wird.

SONY MUSIC
www.sonymusic.de

Ariola
www.ariola.de

www.prima-5.de

Alle Infos & Live-Termine unter:
www.juergenvonderlippe.de
www.facebook.com/JuergenvonderLipp